衛斯理系列 少年版 15

真菌之毀滅

作者：衛斯理

文字整理：耿啟文

繪畫：鄺志德

老少咸宜的新作

　　寫了幾十年的小說，從來沒想過讀者的年齡
層，直到出版社提出可以有少年版，才猛然省起，
讀者年齡不同，對文字的理解和接受能力，也有
所不同，確然可以將少年作特定對象而寫作。然
本人年邁力衰，且不是所長，就由出版社籌劃。
經蘇惠良老總精心處理，少年版面世。讀畢，大
是嘆服，豈止少年，直頭老少咸宜，舊文新生，
妙不可言，樂為之序。

倪匡　2018.10.11　香港

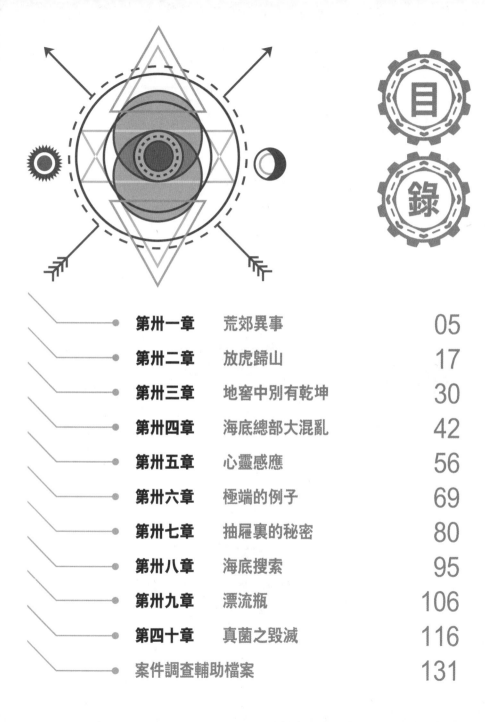

目錄

主要登場角色

張海龍

張小龍

衛斯理

漢克

張小娟

第卅一章

荒郊異事

　　我問張海龍有沒有看到剛才在屋外爆發的妖火，他回答道：「沒有，剛才我完全在沉思之中，還睡着了，什麼也沒看到。」

　　我點了點頭，坐了下來。張海龍就在我的對面坐下，緊張地問：「衛先生，聽説你失蹤了？」

「*不錯，我被綁架。*」

　　張海龍很驚訝，「綁架？綁你的是什麼人？」

　　我深深地吸了一口氣，「綁

架我的，就是令你兒子失蹤的那些人。」

張海龍的身體微微**發抖**，「告訴我，小龍是否已經不在人世了？」

我連忙説：「不，他活着，很好。那是一個有着征服世界野心的 **魔鬼集團**，令郎發明了一種離析動物內分泌的方法，能改變任何動物的習性，例如使人變成容易受控制的動物，有助於野心集團 **征服**世界🌍。這便是令郎失蹤的原因，他們要威脅他為之服務！」

張海龍竭力保持鎮定，現出驕傲的微笑説：「我知道他不會服從的。」

我望着張海龍驕傲而自信的笑容，心中在考慮着是不是應該將真相説出來。

他疑惑地望着我，「怎麼樣？我的估計錯了❓」

我不忍心刺激他，便說：「你的估計沒有錯，令郎拒絕合作，但請你放心，野心集團暫時不敢開罪他，我一和**國際警察部隊**聯絡，便會立即將他拯救出來。」

張海龍寬慰地笑道：「知道他正直不阿，沒有做壞事，這已是我最大的安慰了。」

我趁機轉換話題問：「對了，張老先生，這麼晚了，你為什麼會來這別墅？」

只見他嘆了一口氣，「我以為小娟來了這裏，所以來看看。」

「張小姐不見了？」

他點了點頭，「**電話**也接不通。」

而我卻是知道張小娟去過哪裏的，可是我不敢告訴張海龍，怕他受不住刺激。他的兒子已經失蹤了，如今再讓他知

道自己的女兒有着**雙重人格**，今天曾拿着**手槍🔫**闖入我家，看見**屍體☠**還面不改容的話，真不知道張海龍會有什麼反應，我十分同情他。

白勒克特意叫我來福豪路一號，可是我卻沒發現任何特別之處，除了剛才那一閃而逝的**妖火**。於是我對張海龍説：「張老先生，你在這裏休息一下，我想到屋外看看。」

「好的，隨便。」他點了點頭。

我走出屋外，細心打量着整座**別墅🏠**，感覺它就像一頭碩大無比的怪獸，正在黑暗濃霧之中尋找獵物。

我望着剛才冒起妖火的位置，心裏在想，白勒克所指的發現，難道就是妖火的秘密？

就在這個時候，我突然聽到一陣**窸窸窣窣**的聲音，在後園圍牆旁邊的草叢中，有兩條**人影**向着圍牆的一個缺口處，疾掠了出去。

那兩條人影十分矮小，像小孩一樣。

我立刻一個箭步上前，攀過圍牆追了出去。

出了圍牆之後，雖然霧很濃，但我還是可以看到那兩條人影在我的面前飛馳，我拚盡全力去追。

但是不到三分鐘，我就失去他們的蹤迹了。

我呆了一呆，卻又聽到在不遠處，傳來了一陣低沉的**豹吼聲**。

　　黑夜裏，在濃霧之中，聽到那種原始的吼聲，實在令人毛骨悚然。而我亦立即想起剛才那兩個是什麼人了，他們正是張小龍從南美洲帶回來的**特瓦族人**！

　　我循着**豹吼聲**向前走去，不一會，便看到了一點光，我朝着光走，來到一堆**篝火**前，見到兩張驚駭莫名的怪臉，不出我所料，正是那兩個特瓦族人。他們望了我一眼，立即在地上膜拜起來，叫道：「特武華！特武華！」

　　我記得張小娟告訴過我，「**特武華**」是他們所崇拜的大力神。

　　一輪膜拜後，那兩個特瓦族人站在我的面前，其中一個膽怯地碰了一下我的**手**，另一個則向前面黑暗處指了一指，又作了一個手勢，顯然是要帶我到那處去。

　　我猶豫了一下，看到他們的神情，好像有什麼事要我為他們解決一樣，於是我便點了點頭，他們立刻**跳躍**着向前

走去，我便跟在他們後面。

　　我們所走的，全是十分荒僻的路，大約走了十來分鐘，他們停了下來，並伏在地上，又向地上拍了拍，示意我也伏下來。

　　我學着他們那樣伏下，足足伏了半個小時之久，實在無法再忍耐下去了，就在我準備站起來的時候，忽然感到地面有着極輕微的震動，我四周張望了一下，發現前方不遠處的一棵大榕樹，竟緩緩地升起，然後向旁邊移動！

　　我簡直不敢相信自己的雙眼，難道那是樹妖，長了一雙腳能走路？我連忙往它的根部看去，發現樹根下的泥土猶如一個巨大的 **方塊**，像 **積木** 般拔起，移動到旁邊去，地上隨即打開了一個方形的洞來！

　　那顯然是一個秘密的出入口，接着我又看到一張 **鋁質椅子**，從那洞中升起來，而椅子上更坐着一個人。雖然

我身在**黑夜**的濃霧之中，但仍然一眼便可以看出，那個人正是**漢克**，是野心集團中的一分子**！**

這時我已經不感到驚訝了，因為以那個野心集團的能力，要造出這樣的<u>**機關秘道**</u>，絕非什麼難事。只是在這裏遇見漢克，使我感到有點意外罷了。

那椅子一冒出地面，便停了下來。由於我和兩個土人都伏在地上，漢克沒注意到我們，但我們卻把他看得**一清二楚**。

漢克從椅子上站起，正跨步走出來之際，我雙手已經蓄力在地上一按，整個人向他疾撲了過去。

漢克是一個極其機警，而且槍法奇準的人，所以我絕不能讓他有**拔槍**的時間。我一撲到他的身旁，立刻伸手在他的後腦上重劈了一下，他便向我的身上倒了下來。我扶住了他的身子，一伸手，在他的衣袋中摸到了一

14

柄 **手槍**。然後我一鬆手，任由他的身子，跌倒在地。

而這個時候，只見那 **鋁質椅子** 正在緩緩向下降去。

我不加思索，立即跳躍過去，坐在那椅子上。

椅子慢慢向下沉，我聽到下面有人聲傳了上來說：「漢克，怎麼又回來**?**」

我只是含糊地應了一聲。我抬頭向上看，只見椅子沉下，那棵榕樹便移回原位，把洞口封住。

可是我眼前並不黑暗，而是一片光亮。

因為在我的四周都有 **燈光**，我正在一個方形管道下降着。我握緊手槍，戰戰兢兢地闖入一個神秘的 **虎穴**。

終於，椅子停了下來，我立即一躍而起，舉槍喝道：

「誰都別動！」

第卅二章

放虎歸山

我本來還擔心這個地底空間裏，不知道藏着多少**敵人**，他們會有多厲害的**武器**。幸而在我眼前出現的，只有一個人，他驚惶失措、面無人色地舉起手來。

「你⋯⋯你是什麼人？」他驚愕地問。

我喝道：「你轉過身去！」

那人只好轉過了身子，而我則趁機仔細打量着四周，那是一個**地下室**，除了幾個扳掣之外，幾乎什麼也沒有，只有一條通道，通向遠處。

「這是什麼地方？可是 **海底總部** 的分支？」我厲聲問，並以 **槍管** 抵住那人的腰。

那人慌忙道：「是。」

「這裏還有沒有其他人？」

「沒有了，總部召集所有人前去赴會，世界各地分支的人，職位高的都走了，漢克本來也要去的，但他臨時有其他任務。」

相比起漢克的任務，我更關心他們總部的舉動，迫不及待追問：「總部召集所有人，是為了什麼**？**」

「秘密，這是極度的秘密！」

我假裝要開槍，他感覺到了，立刻哭着和盤托出：「別開槍！我説了！總部已有了**征服全世界**的方法，所以召集世界各地的人員去聽候重要指示。我職位低，在這裏負責看守而已。」

我聽了他的話，不禁感到一陣昏眩。

張小龍一答應和野心集團合作，野心集團便立即召集所有人，部署征服世界，**人類的危機來臨了！**

我是不是還來得及通知世界各國，挽救這一場**大劫****數**呢？

「告訴我！」我指着那通道喝問：「這是通往哪裏的？裏面有些什麼？」

「由這裏通向前去，是張家別墅的底下，那裏只不過是一些 **通訊聯絡 設備**，和儲藏着一些 **武器**，還有一個 **高壓電站**。」

量他也不敢騙我，我不打算前去細看，因為如今野心集團已經開始召集人員，準備發動他們的大陰謀了，我怎能再在這裏耽擱時間？我應該立刻將漢克交給 **國際警方**。

「你快送我出去！」我催促道。

那人喜出望外，求之不得，連聲說：「好！好！」

我知道躺在外面的漢克，暫時不會醒來的，我坐上了那鋁質的 **椅子**，那人扳動了一個掣，椅子便開始升了上去。我心中快速地盤算着，漢克在野心集團的地位不低，只要虜獲他，國際警方便能從他身上拷問出許多重要的線索。

正當我沉思之際，突然響起了一下 **槍聲**，我本

能地側了一側身子，同時左肩傳來了一陣灼熱的疼痛，我中

槍了！

　　在那一瞬間，我沒有時間去察看自己的傷勢，我只是向

下看去，看到剛才還是一副可憐相的人，這時卻仰起頭，以

極其猙獰的神色望着我，手中正握着槍！

在那電光火石間，我立刻回敬了他一槍，他便應聲倒地了。

這時我才察看自己的傷勢，幸好 **子彈** 沒有打進身體，只是擦傷了皮肉。我真該慶幸自己遇到一個槍法很差的低級人員，如果對我開槍的是漢克，只怕我已經沒命了。

這時候，我已經從 **地洞** 中鑽了出來，一出洞之後，只見濃霧已散去。我首先看到的，是那兩個 **特瓦族人** 躺在地上，已經死了！

我倒抽了一口涼氣，立即向漢克倒地的位置看去，發現漢克已經不在了，那兩個土人顯然是漢克所殺的。

我心頭感到了一陣難以形容的絞痛。我低估了漢克的體格，沒想到他那麼快就醒來，而且我對他的搜身不夠徹底，不知道他身上仍藏着 **武器**。是我的疏忽，令那兩個土人喪命！

　　我立刻提起手槍戒備，並躲到一塊 巨石 後面作

掩護，因為漢克很可能就埋伏在附近，正等着對我下毒手。

　　我細心察看四周，卻沒看到什麼異樣。只見那棵 **榕樹**

已經恢復了原狀，誰也難以想像在那生長得十分茂盛的榕樹

之下，會有着地下室和地道的。

　　觀察了好一會，依然毫無動靜，如果漢克真的埋伏在附近，早就對我下手了，我相信他已經離開。但他為什麼不埋伏起來把我也幹掉呢？我忽然想起了剛才地下室那個人的話，他説漢克臨時有任務在身。到底是什麼任務？我開始後悔沒有追問他。

　　這時我發現地上有漢克留下的 *腳印*，而且是往別墅走去的，我心裏一沉，難道他的任務跟 **張海龍** 有關？我擔心張海龍的安危，連忙向別墅奔去。

　　漢克很可能在別墅內，為免打草驚蛇，我不從正門進去，而是靜悄悄地翻過圍牆。我望向那 **落地玻璃窗**，發現廳堂中的 **燈光** 已經熄滅，是張海龍去了臥室睡覺，還是已經遭到漢克的毒手？

　　我依然不從大門進屋，抓着牆上的 **蔓藤**，那雖然不能承受太大的重量，但是已足夠我借力迅速地向上爬去。

當我翻進二樓的陽台後，輕輕動了一下陽台的玻璃門，發現沒有鎖上，便悄悄把門滑開，躡手躡腳地走進房間去。怎料一跨進那漆黑的房間，我的腰就被人用槍抵住，一把冷酷的聲音響起：「**衛斯理，我等你好久了！**」

我回頭一看，是漢克用槍抵住了我。我又一次低估了他的能力，原來他早就猜到我會爬進這裏，或者應該說，這一切根本就是他的設計，要把我引到這裏來的！

我只好站定不動，苦笑着說：「看來你又可以升職了。」

漢克怪笑了幾聲，得意地說：「別人都說衛斯理很厲害，可是你卻落在我手上多少次？」

「我真後悔剛才只是把你打昏，而沒有將你**擊斃**。」我這句話是在提醒他，若不是我仁慈，他早就沒命了。

但他滿不在乎地説：「那就是你的**決策**失誤了。」

我禁不住好奇地問：「我不明白，你為什麼不埋伏在那棵**榕樹**附近，直接等我從**地下室**出來，而偏偏要引我來這裏？」

漢克説：「我本來是打算那樣做的，不過要從後山那邊將你押到這裏來，途中反而容易**節外生枝**，所以倒不如直接引你來到這裏，才把你擒住。」

我感到很詫異，因為按他所説，他的目標不是要把我

殺掉或虜走，而是要將我帶到這**別墅** 🏠 來。我立刻想起張海龍的安危問題，連忙問：「**張海龍呢？**」

「他睡得天翻地覆也不會醒了。」

「你這是什麼意思？」我激動地問。

漢克笑道：「你以為我殺了他麼？放心，他是遠東地區著名的$**銀行家**$，對我們很有利用價值。」

知道張海龍沒有死，這使我暫時鬆了一口氣。但我依然不知道漢克為什麼要引我來這裏，我**開門見山**地問：「你的**臨時任務**，就是要把我帶到這裏來嗎？來這裏幹什麼？」

他愣了一愣，似乎沒想到我知道他有特別任務，但很快又回復冷靜，命令道：「你如果想知道，就依我的話去做，走！」

他用槍推着我走，我依照他的指示，走出了房間，下了

樓梯，到了大廳中，漢克又命令道：「到儲物室去！」

一聽到「 **儲物室** 」，我心中不禁一動，因為我第一次看到「 **妖火** 」，那種奇異的火光，似乎正是從儲物室射出來的。而當時我也曾到那儲物室去查看，卻並無發現。

如今，漢克又迫我到那個儲物室去，到底要幹什麼呢？

第卅三章

地窖中別有乾坤

我在漢克的脅迫下，來到了儲物室的 **門口**，我在門前站定，回過頭來問：「是不是開門？」

怎料漢克卻奸笑道：「不用！」

他一面說，一面舉起了另一隻手，忽然揮舞起來。起初我以為他是不是要揮拳打我，還本能地閃避了一下，但我很快就發現，他其實是在做一個特定的動作，我不知道那動作有何用意，好像 **魔術師** 在變法術一樣。

怎料他揮動完之後，**魔法**真的出現了！在我站立的地方前，也就是儲物室的門前，本來是鋪着一塊**舊地氈**的；沒想到這時候，那塊地氈卻自動地翻了起來，而地氈的下面，竟然是一扇**鋼門**！

那扇鋼門緩緩向旁移開，我看到下面有亮光，還有一道**鋼梯**，通向下面去。

我立刻恍然大悟了，他腕上戴着的**手表**，是一個先進的**智能裝置**，也是一枚**鑰匙**，只要結合他剛才左手揮舞的動作，便能將密碼信號傳輸到感應器去，從而啟動開門機關。

我呆了好一會，漢克一連催了我三次，我才抬起腳來。我只走出了一步，便忍不住問：「張海龍是這裏的負責人？」

漢克呆了一呆，突然大笑起來，「你**想像力**還是挺豐富的。」

我立即又説：「那麼，你們為什麼選中了他的**別墅**來做分部？」

漢克解釋道：「那純粹是湊巧，我們本來在後山發現了一個**山洞**，可供我們隱藏器械、人員和用品，而當我們準備從那個山洞挖掘一條**地道**，另求一個出口之際，卻來到了這裏。但我們覺得這樣更好，因為一個銀行家的別墅，不是最好的掩護麼？」

我冷冷地説：「而且，那銀行家的**兒子**，也正是你們要招攬的對象。」

漢克笑了笑，「那亦完全是巧合，據我所知，那時候張小龍還正在念中學，根本沒有什麼新的發明。」

這時我們已順着鋼梯，到了下面，我看到一具類似**放映機**  的東西，但是卻又有着 **望遠鏡**似的**長鏡頭** 。那長鏡頭一直伸向上面，從一個**圓洞**中

伸出去，我弄不清那是什麼東西。而在那奇怪的東西旁邊，則是其他許許多多的器械，我沒有機會細看，因為漢克一直在催我快走。

不到兩分鐘，漢克已將我驅進了一間小室之中，當漢克把門關上時，我竟然能清楚聽到自己和他的心跳聲和呼吸聲。漢克看到了我的驚訝神情，便笑道：「這裏是**絕對寂靜**的地方，那種寂靜程度，是全世界之冠。」

這一點我絕不懷疑，我只是不明白，在這裏弄一個這樣的 **靜室**，有什麼用處？

漢克指了指房中央的一張椅子，對我說：「**請坐**。」

我坐上那椅子後，漢克扳動了一個掣，天花板突然射下一股 **光芒**，罩在我的身上！

我立即想起在 **野心集團** 總部曾見過的那些 **死光**，本能地想立即跳開，可是我怎能及得上光的速度？

我根本來不及反應，那股光芒已經像 聚 光 燈 般，罩住我全身！

　　片刻間，我感到肌肉發硬，身體好像已經化成了一撮飛灰。

但那一切全是幻覺，我仍然好端端地坐在那裏，還沒死去，甚至沒有絲毫損傷。

我心中立即又想起，難道這是 輻射光 ？

會使我得慢性疾病，或者變成怪物？

　　我正想避開照射，漢克卻快一步警告我：「千萬不要動，否則你會當場斃命。」

「這算是什麼？」

我怒問。

漢克陰森地說：「原來衛斯理也有害怕的時候。你放心，只要你乖乖別動，就不會有事。但如果你移出了照射範圍，那麼你將會吃 子彈 吃到飽。」

我聽明白了，這光束就是 感應器 ，如果我移離了它的照射範圍，就會觸發房間裏暗藏着的 機關 ，說不定兩邊牆壁會向我掃射子彈。

我自然不敢動，只能冷冷地說：「你把我抓來這裏到底要做什麼？」

「在你殺死了莎芭他們之後，總部有了新的指令，要我們將你生擒，盡最後一分力量，使你能投向我們。」

我暗自竊喜，得意地說：「這麼說來，總部是派你來游

説我的，而你這樣是一個 說客 該有的行為和態度嗎？」

「你弄錯了，我的任務只是把你抓來這裏，並沒有責任去討好你。」

我露出疑惑的神情，只見漢克坐在一個 控制台 前，一邊操作着密密麻麻的按鈕，一邊解釋道：「這間靜室，實際上是我們總部的 通訊室 。總部的命令，會先發到這裏，然後再轉到世界各地去。」

「這有什麼了不起？」我刻意擺出輕視的態度。

漢克嚴肅地説：「各地分支的負責人，在總部會議結束之後，會回到自己原來的地方，等候總部接下來的命令。而你知道轉發總部命令的人是誰嗎？就是我！」漢克挺了挺胸，一副 不可一世 的模樣。

我實在忍不住笑道：「又不是你下命令，你只不過是一具 傳聲筒 ，有什麼好光榮？」

　　漢克氣得想發作，恨不得將我吞進肚裏一樣。但他極力按捺住自己的情緒，匆匆操作着機器，好像要趕時間的樣子。

　　「好了，總部要你盡最後一分力量，使我投向你們，現在你可以 游說 我了。」我有點不耐煩。

　　「要跟你說話的，不是我，是他。」漢克按下了一個 按鈕 。

　　接着，便有一把聲音響起來。

　　那是極其純正的國語，我一聽，身子便不由自主地震了一震！

　　因為那正是我在 野心集團 海底總部 時聽過、他們首腦通過 電腦傳譯 系統 發出的聲音！

　　那聲音對我說：「衛斯理，你居然能從我們這兒逃了出去，我不得不對你的勇敢，表示欽佩；但同時，也對你所作

出的愚蠢決定，感到遺憾。」

第卅四章

海底總部
大混亂

野心集團首腦説完 開場白 ，我便聳了聳肩道：「你派漢克抓我來這裏，就是要聽你説廢話麼？」

首腦沒有回答，但漢克卻笑了一笑，而我馬上就知道他為什麼笑了，因為那聲音繼續説：「當你聽到我的聲音時，可能我們總部的大會已經召開了。到時我會允許你通過**電視** ，旁觀我們這次的大會。」

原來那只是一段**錄音** ，並非即時對話，難怪剛才我被漢克取笑。

漢克一翻手腕，看了看 **手表** 🕐，然後按動了桌面控制台上的幾個 **按鈕**，只見房裏其中一面雪白的牆壁上，**投影** 出一幅巨大的畫面。

那聲音繼續説：「當你看到這樣的場面之後，你就知道，單以你的勇敢來和我們作對，是徒然的。張小龍也曾經勇敢過，但如今已經 **覺醒** 了，他聰明地決定和我們合作。我十分希望你也能和我們合作，因為我很欣賞你的勇敢和能力。」

那聲音停了下來，同時，畫面上出現了一個 **圓穹形** 的大廳，一排一排的 **座位** 上，坐滿了人。而圍在正中央，有一個圓台，**圓台** 上坐着十來個人，其中一個彷彿是甘木，而另一個昂着頭，一動也不動地坐着的，則像是張小龍。要看清那些人的樣貌，是沒有可能的，因為地方太大了，以致每個人都顯得十分細小。

「沒有聲音麼 ❓」我問。

漢克無奈地説：「要達到一定的職級，才獲准收聽 聲 音 內容 的。」

我忍不住嘲笑道：「原來你職位那麼低。」

只見他很激動，立即澄清：「不是我，是你 ❗ 我身為這個 通訊室 的負責人，職位自然夠高，可以接觸所有資料。但你卻不是我們的人，首腦只允許你看，不允許你聽到會議的內容細節！」

我不在乎地聳了聳肩，望着畫面，然後又問：「哪一個是你們的 最高領袖 ？」

漢克回答道：「你看到了沒有，在甘木旁邊的那張椅子之上。」

甘木旁邊那張椅子，我早就看到了，那張 椅子 比其他椅子都要大，但卻是空的，上面並沒有人。

我呆了一呆，問：「你是説，當會議開始之後，他將會坐在那張椅子上？」

漢克冷冷地説：「會議早就進行中了。」

「難道你們的 ✦首腦✦ 竟不出席這樣重要的大會？」

漢克暗暗地笑了起來，「當然出席，但是卻沒有人能看到他。」

「這是什麼意思？」我愈聽愈糊塗了。

「總之，沒有人見過他，也沒有人聽過他真正的聲音，但他就像在大家身旁一樣，這便是我們的 ✦最高首腦✦。」

我「哼」了一聲，繼續專注地看着畫面，只見所有人忽然都站了起來，不斷地拍掌。同時，我看到 主席台 上，那彷彿是張小龍的人，向前走到了講台之旁。

他一走動，我更可以肯定他是張小龍。他在講壇面前站定後，大家便坐下來，靜聽他的演説。

張小龍揮舞着雙手在講話，他面上的神情如何，我看不出來，可是看他不斷地捶着**桌子**，和不斷地揮着**雙手**的情形，可以看得出他所説的話，一定是十分激烈。

雖然我聽不到他説什麼，但從其他人的反應來看，張小龍所説的話，並非振奮他們的心，反而是激怒了他們。因為我看到甘木和另一個人已站了起來，向張小龍**撲**過去，抓住他的**手臂**，要將他扯下台來，但張小龍拚命地掙扎着。

同時，大廳中的所有人，有的站了起來，有的木然而坐，秩序起了極度的混亂，我不禁驚愕地問漢克：「**發生了什麼事？**」

但漢克和我一樣，**驚愕**地望着畫面，搖着頭説：「我也不知道……」

「你還不打開**聲音**聽聽發生什麼事！」我**氣**

急敗壞地催促他。

只見漢克伸出手，猶豫着要不要按下其中一個

「你還等什麼！」我大喝道。

食古不化的漢克，最終還是縮回了手，大力搖着頭說：「不行，你沒有這個權限去聽！」

我氣得說不出話之際，忽然靈機一動，向他建議道：

「可以你一個人聽，我不聽。」

「怎麼做到？難道殺了你麼？還是想騙我放你走？」

「我有耳機！」我從衣袋裏掏出一副耳機，伸手遞給他。

他有點喜出望外，想也不想，便伸手過來想取耳機。

而我就趁着這個機會，一手抓住了他的手腕，用力將他拉過來。當他也進入了那 **感應燈**

的範圍內時，我迅速閃開，讓他代替我坐到 **椅子** 上，同時奪去了他身上的 **槍**。這一串動作之快，幾乎做到無縫接合。

漢克很憤怒，想站起來教訓我，我立即提醒他：「我勸你別動，你已經在感應燈之下 **！**」

「你——」

看見漢克在那光芒的籠罩下，既生氣又奈何我不過的樣子，真是大快人心。但我沒閒情調侃他，連忙走到 控制台 前，按下剛才漢克猶豫未按的 按鈕 。

這時， 直播畫面 上的情形，可說是混亂到了極點，人們擠來擠去，張小龍還在台上，和甘木等人糾纏着。我忽然記起張小龍曾經和我說過，他要以一個人的力量來對付整個野心集團，並且叫我快點離去。當時我已經隱隱覺得，他幻想自己與野心集團 玉石俱焚 。如今看來，他並非空想，而是真的行動了，只是我還不知道他用的是什麼方法！

在我按下那個按鈕之後，果然傳來了現場的聲音，有人以英語在聲嘶力竭地大叫：「快撤退，快撤退到陸地上去 ！」

有的則叫道：「遲了，遲了！」

更有人以德語大聲喊：「難道我們都完了麼？這一切都完了麼？」

由於那大廳之中，混亂到了極點，所以那些話是誰講的，根本看不出來。

張小龍到底用了什麼方法，能令這個如此強大的 **野心集團**，混亂得好像面臨 **末日** 一樣？

只見漢克也驚呆地望着畫面，整個人頹喪下來，說不出話。

就在這個時候，現場突然響起了一陣急驟的 **鈴聲**，所有人都向着同一個方向看去，那個方向，正有一盞 **燈** 在閃動着。

我聽到有不少人在重複着一句話：「我的天，他竟然出來和大家見面了！」

一聽就知，他們所指的，自然就是這個野心集團的 **最**

高首腦！

我屏息凝氣地看着，只見每一個人，都匆匆回到原來的位置坐下，但張小龍和甘木卻不知道糾纏掙扎到什麼地方去了，在畫面上看不到。

沒多久，我又看到所有人都忽然站了起來，就連漢克也在這時「霍」地站起，他對於這位 領袖 的崇拜，使他完全忘記了自己正在 感應燈 之下。他站起敬禮時，動作堅定，一絲不苟，完全離開了感應燈也不知道。

結果響起一陣緊密的 槍聲，一幅牆上射出了十幾發子彈，全部射在漢克的身上。

漢克的身體 血如泉湧，緩緩地倒下，但他口中仍在叫道：「萬歲——」

我既驚訝又疑惑，這個野心集團的最高領袖究竟是什麼人？我認真地注視着畫面，登時大吃一驚！

第卅五章

心靈感應

　　我從畫面上看到，那個野心集團的首領大踏步地走上主席台，所有人都向他 *敬禮*。但就在這個時候，畫面突然微微震動起來，我知道那不是鏡頭在晃動，而是他們整個 海底總部 在震動，因為我看到許多人也站不穩。

　　而不到兩秒鐘，信號便忽然中斷，畫面熄滅了。

　　我不知道他們總部遭遇了什麼事，令到 **信號** 中斷。而他們首腦的樣貌，我雖然看不清楚，但從外形、神態、動作和模糊的面貌結合起來，使我不禁想起了一個人，

一個曾經在世界上舉足輕重的 **大人物**，可是他明明已經死去很久了，怎麼會在那裏出現？這實在令我非常震驚。

是我眼花看錯，還是這個野心集團的 **科技**，已經達到可以令死人翻生，或者用基因技術，把 **歷史人物** 複製出來？

不論我怎麼操作那控制台，都無法再恢復畫面和聲音。我只好放棄，回頭去看漢克，漢克當然早已死了。

我不能在這裏多逗留，因為我仍然要和 **國際警方** 聯絡，也要去看看張海龍的情況。

我連忙循着來路退了出來，推開一個個房間的 **房門**，尋找張海龍，而當我推開第五間房的時候，發現張海龍躺在牀上不動，牀邊還伏着一個人，背部抽搐不已，分明是在哭泣，而那人正是張小娟。

我步入房間之際，張小娟已揚起頭來。

她一看到是我，霍地站了起來，厲聲道：「**衛斯理，你將我父親怎麼了？**」

我連忙説：「令尊應該無大礙，而且，事情和我也沒有關係！」

張小娟卻「**哼**」的一聲説：「你的話可以相信麼？」

我來到了牀邊，立即聞到一陣強烈的「**歌羅方**」氣味，望了張小娟一眼，冷冷地説：「你懂得判斷一個人**死亡**的時間，難道竟看不出令尊是因為聞了歌羅方才昏迷嗎？」

張小娟聽到我這樣説，立即面色一沉，「你這樣説是什麼意思？」

「你自己應該很清楚。」我單刀直入地質問：「你帶着**手槍**來我家裏幹什麼**？**」

張小娟的神色顯得有點慌張，但很快又鎮定下來，冷冷

地說：「我不知道你在說什麼。」

「此事暫且不說，但有一件事，希望你能開誠布公告訴我。」

我認真地問她：「大約在十多分鐘之前開始，你對你弟弟有沒有什麼特殊的感應？」

張小娟睜大了 **眼睛** ，

「你為什麼突然問起這個？」

我嘆了一口氣，不知從何說起，只說：「因為剛才，我看到你的弟弟 **！**」

張小娟的面上充滿了疑惑，**「什麼？」**

這時候，張海龍也醒了

過來,以微弱的聲音問:「誰?誰剛才見過小龍?」

我連忙説:「張老先生,你暫且休息一會,詳細的經過,我會向你報告的!」

我一面説,一面仍以眼光催促着張小娟回答我剛才的問題。

張小娟低下頭去,想了一想,又抬起頭來説:「不錯,大約在十分鐘前,我心中的確有一種十分奇妙的感覺。」

張海龍睜大了眼睛,像是不明白我和張小娟在談些什麼。

張小娟繼續説:「我覺得**弟弟**好像完成了一件他一生之中 **最偉大的壯舉**,我感覺到他心中的激憤、高興,和那種帶有*自我犧牲*的昂然情緒⋯⋯」

突然之間,張小娟猛地站了起來,本來因為激動而呈現**紅色**的面頰,這時候迅速變得**蒼**白,身子微微地震動

着，兩眼發直，嚇得我慌忙扶着她問：**「怎麼了？」**

張小娟望着我說：「我弟弟⋯⋯我弟弟⋯⋯」

張海龍的面色也蒼白了起來，「小娟，鎮定些，你是不是不舒服？」

張小娟像是一條離開了水的魚一樣，大口地喘着氣說：「我弟弟⋯⋯我弟弟⋯⋯我感覺到他⋯⋯已經死了**！**」

張小娟的話才一出口，張海龍激動得猛地坐了起來，含着淚問：**「小娟，你在胡說什麼？」**

張小娟跌坐到牀邊，一面流淚，一面汗如雨下，叫道：「我知道，我就是知道⋯⋯」

我和張海龍都十分緊張地望着她，她低頭約有兩分鐘之久，才以平靜的聲音說：「我知道，弟弟**臨死**之際，心情十分平靜，可以說一點痛苦也沒有，因為他在死前，做了一件十分偉大的事情——」

她講到這裏，抬起頭來問我：「**你可知道他做了些什麼？**」

我嘆了一口氣説：「不知道，但是我的確知道他所做的事**極其偉大**。」

張海龍的眼角帶着**眼淚**，但是他卻欣慰地笑了起來，「如果你們所講都是真的，那麼這個孩子至少沒有令我失望。」

「這個當然。」我安慰他説：「他的行動，使人類得以自由地生存下去，思想不會遭到**奴役**和控制，他是**全人類**的大恩人，是自由的**維護者！**」

張海龍仍含着眼淚，但是他面上的**笑容**卻在擴大，「衛先生，其中的詳細情形，可以告訴我嗎？」

「請你放心，我會把我所知道的告訴你，但當務之急，是先讓**醫生**為你們檢查一下身體。」

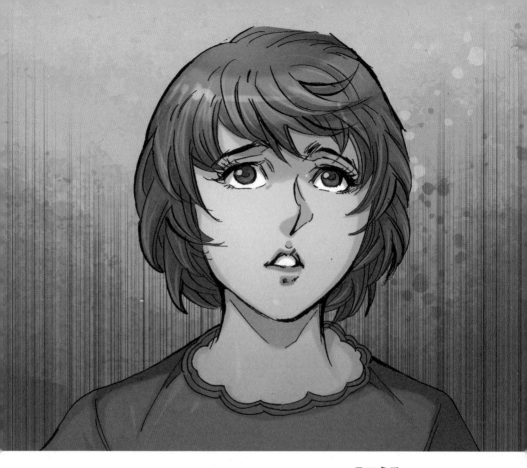

我說完向張小娟望了一眼，發現她神色惘然，呆呆地抬頭望着天花板，我們都不禁擔心起來。

我想起一些科學界也未能解釋的極端例子，世界上有些雙胞胎，除了彼此之間有微妙的心靈感應之外，當其中一人死亡之後，另一人也會隨即死亡，又或者

變成 **活死人** ☠ 一樣，失去了意識。有人說那是因為他們雖然在形態上是兩個人，但是在意識上、精神上，卻是同一個人。

如今，張小娟說張小龍已經死了，而張小娟的精神狀態十分令人擔心，我立即向張海龍提議道：「我先送你們去
➕ 醫院 檢查。」

但張海龍始終很重視私隱，對我說：「不用去醫院，送我回家就可以了，我會安排醫生來。」

於是我一個人扶着他們 **父女倆**，上了張小娟的車，她當然開不了車，我拿了她的 **車匙** 🔑，開車送他們回到市區的大宅去。

張海龍打電話吩咐管家安排醫生和打點好一切。

開車回到市區的路途上，我向張海龍講述了我在 **心集團✦海底總部** 的遭遇，以及和他兒子會面的經過。

最後我又提及在他**別墅**之下，乃是野心集團的一個分支機構，還把我在直播畫面上，看到張小龍如何令整個 **✦野心集團✦** 如臨末日的情況，都一一告訴了他。

　　我嘆了一口氣說：「我所知道的就是這麼多，目前還有兩點我未能弄明白。第一，令郎不知以什麼方法，使得實力如此龐大、世界上沒有一個國家可以對付得了的魔鬼集團，

瞬間瀕臨末日。而第二，在你別墅後面出現的『妖火』，

究竟是什麼現象。」

第卅六章

極端 的 例子

　　我開車送張海龍和張小娟回到他們在市區的大宅,只見三名**傭人**已在門外等候,車一停下,便趕忙扶着他們的老爺和小姐回屋裏去,而我也幫忙攙扶着狀況愈來愈差的張小娟。

　　回到屋裏,管家早已安排好一切,傭人趕忙把張小娟扶進臥室,醫生已在房內等候。而我則趁這個時候,致電 **國際警方**。

　　但納爾遜先生的 **電話** 接不通,我只好給他留言,讓他聽到留言後馬上聯絡我。

我打完了電話，便請傭人帶我到張小娟的房間去。只見三名醫生正在全神貫注地為張小娟檢查。這三個醫生我都是認識的，他們都毫無疑問是世界上第一流的 ❤️理學家 和 內科 🩺醫生。我與他們點了點頭，便坐了下來。

他們三人檢查了足足大半個小時，又低聲討論了一陣子。我看着他們凝重的神色，插言道：「先生們，不論你們診斷的結果如何，請顧及張老先生的承受能力，不要太刺激他。」

三人嘆了一口氣，不置可否，只是請我和他們一起到客房去詳談，而張海龍已經接受了 鎮靜劑注射💉，正安穩地睡着。

我和他們來到一間客房，關上了門。其中一位醫生，我姑且稱之為A醫生，嘆了一口氣說：「這是 🩺醫學界 極罕見的例子！」

「究竟怎麼樣？」我連忙問。

A醫生沉思了一會，説：「你可知道，雙胞胎一般分為異卵雙生和同卵雙生？ 異 卵 雙生 是指卵巢排出了兩個卵子，它們各自受精，成為雙胞胎；而 同 卵 雙生，則是一個卵子受精後，分裂成兩個胚胎。」

「這個我知道，然後呢？」我着急地催促他。

A醫生繼續説：「所以，異卵雙胞胎，雖然同時出生，但仍然是兩個獨立的人，有獨立的性格和思想，和一般不是孿生的兄弟姐妹沒有多大區別。而同卵雙胞胎，因為是同一個胚胎分裂而成，某程度上，可看成是同一條 生命，所以彼

此有着許許多多微妙的**連繫**。曾有文獻記載過一些同卵雙胞胎**?不可思議?**的怪事，例如其中一個在美洲生***傷寒病****，另一個身處歐洲，在最好的護理環境下，竟也染上傷寒症。」

聽到這裏，我想起張小娟和張小龍也有着微妙的連繫，應該屬同卵雙生，但這樣就太奇異了，我立刻問：「你的意思是，張小姐和她弟弟是同卵雙生？但同卵雙生不可能是**龍鳳胎**啊！」

B醫生是這方面的 **專家**，他向我解答：「所以A醫生剛才説，這是極罕見的例子。是同一個卵子，與兩個精子結

合，然後才完全分裂。目前世界上只有三幾個這樣的例子。」

「説了那麼多，現在張小娟的情況到底怎麼樣**？**」我着急地問。

B醫生説：「剛才為張小娟作全身檢查的是C醫生，我們不妨聽取他的報告。」

C醫生是內科專家，他苦笑着説：「我只能説，張小娟一切都很正常，根本沒有什麼病。」

我愕然地望着他，如果張小娟「**一切正常**」，為什麼她會變成現在這個狀況？

A醫生看出我的驚愕，拍了拍我的肩頭説：「聽起來或許很荒謬，民間曾流傳一些極其罕有的例子，一對同卵雙胞胎，兄長死了之後，弟弟雖然沒有死，但除了肉體之外，人所具備的其他，例如 **思想**、**精神**、**性格** 等等，這

一類看不到摸不着的東西，卻隨着兄長的死亡，而一併消失了！」

　　我呆住了許久，才能開口問：「三位的意思是，張小娟從此不會思想了❓」

　　三位醫生互望了一眼，C醫生點了點頭説：「是的，她會活着，體內機能如常運作，但能夠維持多久，沒有人知

道。而她很可能會喪失一切能力，因為她的**精神**已經死了，只留下了**肉體**——」

C醫生説到這裏，停了下來，向另外兩位醫生苦笑了一下。我明白他們的感受，身為醫生，他們剛才的那些話，實在是奇幻怪異多於科學，但除了這個解釋，他們也找不到其他更合理的結論了。

B醫生嘆了一口氣，「所以有人認為，同卵**雙生**，事實上仍然只是一個人，一個有着兩副身體的人。」

我馬上提出了一個疑問：「這樣説來，他們是不是應該有着相同的性格？」

B醫生想了一想，搖頭道：「也不一定。尤其是**張氏姊弟**的情況，他們雖然分裂於同一個卵子，可是卻和不同的精子結合，情況非常複雜，莫説兩人**性格**可能有所不同，就是以他們個人而言，也有可能具備着兩種截然不同的性格。」

「甚至一個人擁有兩種**相反的人格？**」我禁不住問。

「嗯，有這種可能。」B醫生點點頭。

我想起了張小娟完全變了另一個人，持**槍**闖入我家的情景。我還想起那一連串顯然不是野心集團所做的**毒針謀殺案**，還有那些被人奪去的文件等等。這一切，會不會都和張小娟有關？

這時候，**管家**突然敲門進來說：「幾位，其餘兩間客房也準備好了，你們可以先休息，等老爺醒來再報告小姐的情況。」

三位醫生都點了點頭，而管家卻尷尬地望着我。我已留意到他剛才説「**其餘兩間客房**」，那表示他沒有為我準備房間，而我根本也沒有打算留在這裏，納爾遜的電話打不通，我還是要想辦法盡快聯絡上**國際警方**的。

於是我説：「沒關係，我也打算先回家去。」

只見管家尷尬地説：「真不好意思，老爺叫我安排三位醫生，我卻不知道還有衛先生你會來，一時沒有準備好，屋裏能夠騰空出來的 **客房** 就只有這三間了，除非你不介意在 📖 **書房** 裏休息。」

「張老先生的書房？」我只是隨口一問，根本沒打算留下來。

管家面有難色，答道：「老爺的書房恐怕不方便，我説的是小姐的書房。」

一聽到他説是張小娟的書房，我便 **靈光一閃**，立刻改變了主意，「如果你們方便的話，我倒不介意到書房裏休息，等候張老先生醒來。」

管家呆呆地望着我，似乎對我的突然變卦，感到相當 **詭異**。

第卅七章

抽屜裏的秘密

　　管家帶我來到張小娟的書房，那裏和一般書房無異，有着**書桌**、椅子🪑、**書架**📚等等，富貴人家的書房當然特別寬大，還擺放了兩張沙發和茶几。

　　管家離開後，我便開始在書房裏詳細地搜索，雖然這樣侵犯了張小娟的私隱，但她很可能不是普通人，而是和一連串**毒☠針謀殺案**有關，甚至做了許多不為人知、驚天動地的事。我希望可以發現一些線索，弄清楚她的**真面目**。

　　我搜索了一會，發現書房裏沒有什麼特別的地方，除了那張十分巨大的**鋼書桌**。

　　我在書桌前坐下來，發現書桌上所有的抽屜，全配上了極其精巧的**鎖** 🔒。這種鎖，是**阿根廷** 一個**老鎖匠** 🔒 的手製品，每一把鎖都價值連城。

　　而在這張鋼書桌上，我數了一數，這樣的鎖共有九把之多。

　　固然，這可以説是闊小姐的奢侈，或者她是一個名鎖的收藏家。但是用這九個鎖來鎖住書桌的 **抽屜**，總給人一種格格不入的感覺。

　　難道抽屜裏藏着很名貴的東西？但名貴的東西為什麼不藏在 **夾萬** 裏，而放在書桌的抽屜內呢？

　　本來我已經取出了**百合匙**，準備打開那些抽屜，但當我見到那些鎖之後，便將百合匙收了起來。因為這種

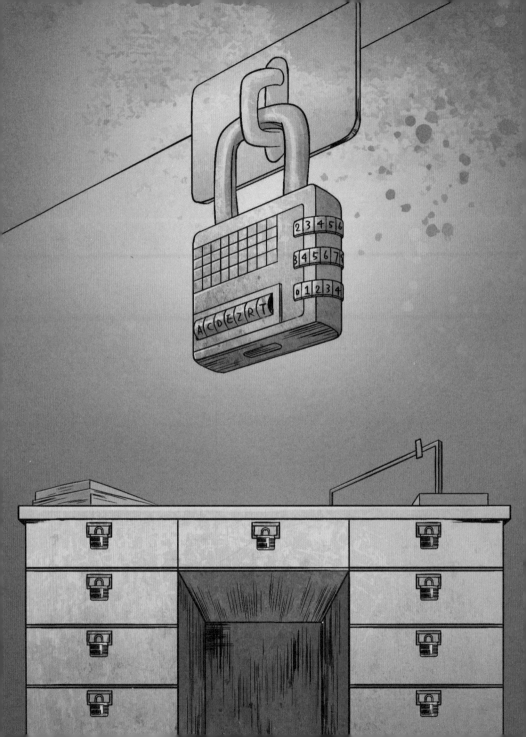

鎖，沒有**原裝**鑰匙是開不到的，即使有了原裝鑰匙，還必須要配合開鎖的 **密 碼**，那可能是一句話，或只是一串沒意義的字母。

那個老鎖匠早已退休，這種鎖在世界市場上十分吃香，張小娟一人擁有九把之多，大約可以稱 **世界第一**了。

既不知道密碼，又沒有原裝鑰匙，根本沒有人能打開這種鎖，除非動用機械來切割或者使用炸藥。

我當然不打算使用切割機或炸藥，只好繼續搜索，希望張小娟把鑰匙放在這房間內。

我仔細地搜索，甚至把**書架**上每一本**書**都翻了一下，但依然一無所獲。正想放棄之際，我發現**木茶几**的四隻腳中，其中一隻的顏色比其餘的深色，感覺好像常被人觸摸一樣。

我覺得有點可疑，便抬起茶几的那隻腳，仔細檢查，發現果然內有乾坤，腳底下有一個小暗門，將它揭開，一串**鑰匙**便從暗格裏掉出來！

數了一下，鑰匙恰好共有九柄，我相信正是那九把鎖的鑰匙了，此外還有一柄很幼細的**金屬棒**，是用來撥動**字母密碼**的。然而，我雖然有了九條鑰匙，卻連一把鎖的密碼也不知道。

在每一把鎖上，**字母孔**的數目各有不同，有的是四十個孔，有的是三十幾個，沒有少過三十個的。要靠運氣猜中密碼，恐怕是不可能的事。

這時候，忽然響起了幾下 **敲門聲**，門隨即就被打開，同時傳來張海龍欣喜的聲音：「小娟，你醒來了嗎？」

我迅速把鑰匙收進褲袋，回頭看去，只見掛着**拐杖**的張海龍，露出既失望又抱歉的表情說：「噢，對不起！我看見小娟的書房透出燈光，還以為她已經復元，來了書房。」

我便向他解釋：「管家讓我在這裏休息，等你醒來。你見過那三位醫生了嗎？」

張海龍睡了一覺後，看來精神已略為恢復了些，他搖頭道：「還沒。我本來想先去看看小娟的，怎料經過她的 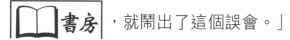，就鬧出了這個誤會。」

「小娟應該還在臥室裏，由**護士**陪伴着。」我説。

張海龍緊張地問：「醫生診斷的結果你知道嗎？」

「醫生們略説過一下。但我不是這方面的專業，不敢隨便説，還是等他們向你報告情況吧。」我隨即轉了個話題，問道：「對了，張小姐平時有沒有什麼經常會説的話，或者她特別喜歡的名言和格言之類**？**」

張海龍想了一想，「沒有啊，為什麼突然問這個？」

我當然不能告訴他，我正在猜想那九把鎖的密碼，只堆笑道：「沒什麼，我只是好奇問一下。因為像她那麼文靜乖巧的女生，一

般都會有什麼座右銘或者格言，放在書桌上，時刻提醒着自己。但我在這裏沒看見。」

張海龍好像想起了什麼，微笑道：「在別人眼中，小娟是個十分文靜的孩子，但誰會知道，她小時候也有古怪得叫人**意想不到**的一面。平時好像很乖巧，但有些時候卻——」

「**卻怎樣？**」我睜大了眼睛在等他説下去。

張海龍猶豫着要不要説出來，只道：「總之令人意想不到。對了！剛才你問我她有沒有什麼 口頭禪 之類的，她小時候倒是因為常常説一句話，被我教訓得很慘的。」

「是什麼話？」我直覺覺得這句話或許就是那九把鎖其中一個的 密 碼 。

張海龍有口難言的樣子，好像有點説不出口。在我用眼神鼓勵和催促下，他終於説出了那句話，使我震驚不已。但

我不能在這裏寫出來，因為那是一句連男生説出來也覺得很粗鄙的**髒話！**

「她小時候説出了這句話？」我驚訝地問。

張海龍尷尬地**點點頭**，「而且不止一次，後來被我打得多了，才漸漸變得乖巧，沒有再説那句話了。」

我心裏在想，她不是變得乖巧，而是長大後懂得在人前掩飾自己另一面的性格，不過卻被我**陰差陽錯**下看到了一次。

「我要去看看小娟了，一起嗎**？**」張海龍問。

「剛才看過了，我想休息一下。」我説。

「好的，等你休息完，我們再詳談。」張海龍拄着拐杖轉身走了。

我送過張海龍後，把門鎖上，以防再有其他人突然闖進來。然後我立刻把張海龍剛才所講、張小娟兒時經常説的那句髒話，譯成英文、西班牙文等等，但**字母數目**

都難以脗合任何一個鎖。

我在腦海裏不斷念着那句話，突然靈光一閃，嘗試將它轉換成 **拼音**，結果字母數目和正中間那個 **大抽屜 🔒鎖子** 上的字母孔數目相脗合！

我用 **金屬棒** 撥動着 字母孔，拼出了那句密碼，果然聽到了「軋軋」兩聲，然後我逐柄 鑰匙🗝 插進去試試看，當試到第四柄鑰匙的時候，那把鎖便打開來了！

我緩緩地拉開那抽屜，發現裏面有着幾柄極精巧的 **手槍** ，還有幾個 **盒子** 。我打開那些盒子來看時，不禁呆住了。

盒子之中，像放着珍貴的首飾一樣，在 **天鵝絨墊子** 上放着不少 **針** ，一共 **四盒** ，其中一盒已空了一大半。

這種針，和之前那一連串毒針謀殺案中的 **毒針兇器** ，是一模一樣的 **！**

在那幾個盒子旁邊，還有一本小小的 **記事簿** ，我翻看了一下，裏面竟是一些職業殺手、走私大王、大毒販等等的聯繫資料！

我呆了半晌，看來張小娟真是一個有着雙重極端人格的人！之前那些用 **毒針** 殺人的案件，都是她的所為！

這個時候，我無意間又發現，在這個 **鋼製** 的 **抽屜** 內，鑴着幾行小字，細心看去，可以看出是八句意思不連貫

的話，而且一看字母數目，便知道那是另外八個抽屜的 **開** **鎖** **密** **碼** 了。

　　我憑着鑰匙和密碼，毫不費力地先把左邊第一個抽屜打開，只見內裏塞滿了一束束的  。我約略地看了幾封，都是張小娟和各地著名 **匪徒** 的通訊。

　　我看了那些信件之後，才知道世界上有幾件著名的棘手案子，原來都是張小娟所策劃的，而這種信件一共塞滿了左手邊 **四個** **抽屜** 之多，她簡直就是一個 **天生犯罪狂**！

　　而當我打開右手邊第一個抽屜的時候，我看到了許多奇形怪狀的玩意，有非常迷你的 **手槍**，有形狀不規則的 **刀片**，還有許多我根本不知道有什麼用途的東西，但我估計全部都是殺人的 **武器**。

　　右手邊第二個抽屜是空的。在第三個抽屜裏，有着大疊

的 $\$$美鈔$\$$ 和 £英鎊£，數目之大，十分驚人。而當我

打開最後一個抽屜，我不禁倒抽一口氣，因為我看到了兩份

文件夾，正正就是我取自 張小龍實驗室 、後來壓在

枕頭 下，又離奇失蹤的那些文件！

　　除了那些文件之外，還有一疊紙頭，一看便知道是

從一本日記簿 上撕下來的。我立即想起了張小龍

那本被撕去所有內容的日記簿，我連忙將這一疊紙取出來

看，果然是張小龍的日記。

　　張小龍在日記中所記的事，大部分都跟他的實驗進

展 有關，他果然是一個專注的科學家。而日記上還有

一些紅色的批註，一看便知是張小娟所寫，從中可以看到，

自從弟弟失蹤後，張小娟接手了弟弟的實驗室，替弟弟

保護着實驗資料。雖然她也弄不懂弟弟的研究，但她很努力

從日記中去了解，深信這些研究一定很有價值，或許有助她

的犯罪「**嗜好**」。

　　至於日記的最後部分，張小龍提到了他在好幾個濃霧之夜，發現後院有神奇的「**妖火**」出現。

第卅八章

　　在張小龍的記載中，幾次提到他看到妖火的時候，都是在有 **濃霧** 的夜晚。這倒給了我一個啟示，因為我兩次見到妖火，也是在有濃霧的夜晚，我相信濃霧和妖火之間，一定有着十分密切的關係。

　　我放下了張小龍的 **日記**，又翻了翻他的 **心血結晶**──那些實驗資料。我不禁感慨萬千，張小龍有了幾乎可以改造人類的發明，卻因此捲入了野心集團的 **陰謀** 之中，很可能已經喪生。

　　這個發明，留在世上，究竟是 **禍** 還是 **福** 呢？我沒有法子判斷。

　　我想了一會，便有了決定，立刻將整個抽屜抽出來，把文件夾內所有的 研究資料 ，抖落在這個 鋼抽屜 中。然後「啪」的一聲，燃着了 打火機 ，將文件焚燒。

　　這個能改造全人類的 天才發明 ，就這樣被我一把火燒成灰了。

此時我心中又浮上了一個問題：到底張小龍在野心集團的海底總部做了些什麼，能使野心集團陷入如此**混亂**之中呢？

除非再去那海底總部一次，否則難以找到答案。

就在這個時候，我的**手機**響了起來，是**納爾遜**的來電，他説：「衛斯理，你在哪裏？我正在你家裏，你趕快回來！」

「**好！馬上到，你等我！**」我立刻把那個只盛着灰的抽屜放回去，將九把鎖都重新鎖上，撥亂了密碼字母，帶着那串**鑰匙**走出了書房。

我十分趕急，甚至沒打算去跟張海龍道別，便直奔大門，但經過大廳的時候，卻發現張海龍正在聆聽三位醫生的報告。

張海龍那副悲傷的神情，表示他已經知道了女兒的狀

況，但他比我想像中堅強，極力地保持着鎮定，問道：「衛先生，你要走了麼？」

「對，我家裏有**緊要事**，須立即回去。」我沉穩地拍了一拍張海龍的*肩頭*以示安慰，說：「張小姐一定會好過來的，你別太擔心。」

張海龍苦笑着點了點頭，我跟他們*揚手*道別，便匆匆離去。

當我回到家門口的時候，發現我家的門鎖已被人毀壞。由於我叫回鄉探親的老蔡不用太早回來，所以家裏沒有人，而納爾遜自然用了**非常手段**進屋。

我一進入屋內，便見納爾遜已坐在沙發上等我，面露十分焦急的神色，和他在一起的，還有另外兩個人，一個穿著某大國的 ⚓**海軍少將制服**；而另一個更令我愕然，因為他雖然穿著便服，但看起來卻像是更高級的 **將官**。

「**納爾遜，我的門鎖！**」我先向他投訴。

但他着急地説：「現在不是談論那些問題的時候，我向你介紹，這位是 **XX海軍第七艦隊副司令**。」

納爾遜向那海軍少將指了一指，那海軍少將態度十分莊嚴，我和他互相舉手敬禮。

當納爾遜介紹那個穿便裝的**老年人**時，我更嚇了一跳，因為那人果然更高級，是聯合參謀本部的**將軍！**

介紹過後，納爾遜立刻切入正題：「霍華德和白勒克的屍體我們都處理好了，你到底知道多少情況，請完完全全告訴我們。」

於是我立即將我的遭遇講了出來，當講到野心集團的**海底總部**時，他們都驚訝得難以置信，我知道他們心中一定在懷疑，我是不是在編**科幻小説**的情節。

我全部講完後，納爾遜説：「先生們，事態非常嚴重啊。」

海軍少將想了一想，向那參謀將軍點了點頭，然後拿出了一個專用的 **衛星電話**，向 *艦隊* 下達命令，吩咐所有搜索艦，在我所形容的海域進行深海搜索，注意一個龐大的海底建築物。

他下達完命令後，便站了起來說：「走，我們到艦上去。」

於是我們一起前往 *機場*，乘坐他們的專機，到達一處 **軍事基地**；然後再轉乘 **軍事直升機**，登上了一艘巨大的 *軍艦*，進入指揮室之中。

海軍少將下令巨艦駛向接近搜索的海域，各搜索艦不斷向指揮室報告最新的搜索情況，而每一次的報告都是：*並無 發現*。

一個半小時過去了，我發現海軍少將望向我的次數明顯增加，從他的眼神可以看出他對我的不信任。

両個小時過去，海軍少將站了起來說：「看來我們應該結束這**毫無**意義的搜索了。」

納爾遜則十分平和地説：「涉及的面積很廣，有很多地方還沒搜到的，我們耐心等待吧。」

時間過得飛快，我們上這艘**軍艦**

，已過了五個鐘頭了，海軍少將召集了五艘搜索艦的艦長，聽取他們的直接報告，他們都説沒發現我所提及的 海底建築物 。

海軍少將望着納爾遜，納爾遜嘆了一口氣，説：「好，我們先暫停搜索，但是艦隊不要撤走，我們休息一會再作決

定好嗎?」

海軍少將沒有反對,納爾遜立刻拉着我走出指揮室,到 **休息室** 去。

在休息室中,納爾遜開門見山地説:「衛斯理,我對你絕對信任,但你會不會因為神經緊張,而記錯了那海底總部的 **方位** ?」

「**絕對不會!**」我十分堅定,並分析道:「搜索艦仍未有發現,我認為有三個可能。第一、那野心集團的海底總部,雖然是一個極龐大的建築,但不能排除它是能移動的。」

納爾遜沉默了片刻,説:「這個可能性很小,因為世界各國的 **海軍** 都收到了我們的通知,密切注視着四周海域的異動,如果有這樣龐大的 **建築物** 在海底移動,一定會被探測出來的。」

　　我點了點頭，繼續説：「好，第二個可能，就是張小龍已不知用什麼方法，將整個龐大的建築物完全毀滅了。」

　　納爾遜搖着頭，「張小龍是一個傑出的 **物理學家**，但並不是 **魔術師** 啊。」

　　我自己也覺得這個可能性不大，立即又説：「所以，最合理的情況是，那個海底總部的表面，一定有着某種能防止 **雷達** 探測 的裝置和技術，所以令到搜索艦探測不到。」

　　納爾遜點着頭，「嗯，這個可能性很大，但我們應該怎樣做 **?**」

　　「放棄雷達，**用人**。派人潛下海底去，以肉眼探索，什麼科學設備都可能受到更高的科學設備所蒙蔽，唯有

人的 **眼睛** ，能看出真相。」我說。

「噢！不！」納爾遜面有難色，「要海軍少將派出 蛙人部隊 麼？這裏是茫茫大海啊，不是陸地上一個小小的 兇案現場 ，可以地毯式搜索。他一定不會同意的。」

但我已有了主意，「不用派他的人，我去！」

第卅九章

漂流瓶

納爾遜聽到我主動請纓當蛙人，驚詫不已，「你去？」

我聳了聳肩，「這有什麼奇怪？我只要海軍方面，派出一艘小型的**深水運輸艇**，帶上一百筒**氧氣**，我可以創一個潛在海底最久的紀錄。」

納爾遜想了一會，說：「你肯去，我估計海軍那邊不會反對，而我更代表國際警察部隊向你致最高的敬意。我提議派出大量**巡邏艇**作接應，讓你隨時上船休息。」

「那還等什麼？靠你去跟少將說了。」

我拉着納爾遜回到 **指揮室**，納爾遜費盡唇舌，好不容易才説服了海軍少將，配合和支援我的行動。

他們派出三十七艘巡邏艇，在我可能探索的海域上，常備 **糧食** 和 **食水** 等，不斷地巡邏。任何一艘巡邏艇接到了我要浮上水面的 **信號**，便會立刻去接應。

他們又為我安排了一艘深水運輸艇，除了載着一百筒氧氣外，還可以將我送到海底各處去搜索。

一切準備就緒後，我換上了全副 **蛙人** 的裝備，帶着 **水底通訊器**，沿着右舷下了水，在水面浮了一會，便操縱着小型深水運輸艇，沉到海底去。

我之所以自動請纓，要到海底尋找野心集團的總部，是因為我在乘坐「 **魚囊** 」離開時，將那海底總部附近的地形記得十分清楚。我記得，當時「魚囊」恰好在一條生滿了 **紫紅色昆布** 的大海墊之上駛過。

我盡我的力量，在海底游着，倦了，便伏在那深水運輸艇上略事休息，氧氣用完了，就在海底更換。

第一天，我沒有收穫，我浮上了海面，在一般巡邏艇上休息。

納爾遜趕來和我相會，問道：「有希望麼？」

我說：「有的，我已看到一些地形，好像曾經見過。」

那一夜，我和納爾遜都沒有睡，納爾遜告訴我，他曾和幾個大國的 **情報組織** 負責人坦誠交換情報，那幾個人都告訴他，國內有許多地位重要的人，經常和一個來歷不明的地方作 **無線電** 聯絡，而這些人，最近都不約而同離開了本土。

毫無疑問，這些人一定是野心集團在各地網羅到的人物了。

我們談了一夜，天色剛明，我便服食了 **壓縮食物** ，又潛到海底去。

第二天，仍然沒有結果。海軍少將的面色，像是發了霉的芝麻醬。

第三天，我找到那條生滿了紅色昆布的 **大海塹** 了！

那條大海塹，在海底看來，簡直是一個奇觀。所謂海塹，乃是海底的 **深溝** ，那道深溝，一直向前伸展着，少說也有幾里長。在深溝中，生滿了 **火紅色** 的昆布，而且不斷地擺動着，看起來就像一條非常活躍的 **大火龍** ，躺在海底。

我先游到了那條大海塹的一端，那是我乘坐「魚囊」離開時的方向。也就是說，野心集團的海底總部，應該是在另一端。

我沿着海塹，向前游去，沒有多久，我愈來愈覺得海底的景物很熟悉。終於，在我幾乎筋疲力盡之際，我看到了那塊熟悉的 **大海礁**。我知道，在那 **礁石** 之下，就是野心集團的 **海底總部**！

我認得盤在那礁石上，那一大堆猶如 **海藻** 一樣的東西。那是海底總部的 **空氣** **調節系統**，用來吸收海水中的氧氣，供應到總部內。

我潛得更深了些，那一大堆礁石之上，有着不少岩洞，但我不能確定哪一個才是我當日坐着 **小潛艇** 進入海底總部的入口。

我徘徊了沒有多久，便發出了 **信號**，浮到水面去。

一艘巡邏艇在我浮上水面之後的三分鐘，便駛到了我的身旁。我上了船，吩咐負責人紀錄下船艇所在的 **位置**

座標。然後，我就乘坐這艘巡邏艇，回到艦上，向納爾遜和海軍少將報告，希望大家一起制訂策略，攻陷那海底總部。

當我來到指揮室門口時，納爾遜忽然從隔壁休息室的門口揚手叫我：「衛斯理，請來這裏。」

我便轉到休息室去，只見納爾遜小心地關上了門，面色有點 **怪異**，手上握着一隻 *瓶子*。

我不管那麼多，開口就說：「我已經發現那個 **建築物** 了，並且請第一一九七四號巡邏艇艇長記下了位置。」

但納爾遜完全沒有如我想像中的那種激奮，只是揚着手中的瓶子說：**「這是給你的，你快看看！」**

我疑惑到了極點，一手接過那瓶子，發現塞子塞得很緊，只見裏面放着 **一卷紙**，在外面可見的部分，寫着一行 *英文字*：如拾到這瓶子，請送到某地某處（那是我公司的地址）的衛先生，厚酬。

而下款有一個中文字的簽名，我看出是 **張小龍** 三個字。

「是誰寫給你？」納爾遜問。

「是張小龍，這是怎麼得來的？」

「我也料到是他了！」納爾遜說：「二十分鐘前，我在甲板上用 **望遠鏡** 眺望，看到海面上有一隻瓶子在漂着，便叫 **水手** 去拾了起來。這件事，海軍少將還不知道，我想你先看看信的內容是什麼。」

　　我點了點頭，用力將玻璃瓶的塞子拔開，取出了那卷紙，紙上的字迹十分潦草，我先將幾張紙攤平，仔細地看。

　　那封信一開始寫道：「衛斯理君：我是一個性格十分怪癖，只知科學而不知人情的人，所以，我可以說沒有朋友，在美國求學時是這樣，回來之後仍舊一樣。我在父親那裏取到的錢，用在科學實驗上的，只不過十分之一。其

餘的十分之九，都給假裝做我朋友的人騙走。但是我卻十分慶幸，在我死前，有了一個真誠的 **朋友**。那個朋友，自然就是你了。

「你不要以為我和你吵過架，又趕你走，就是討厭你，不信任你。事實上，我卻是在救你，因為我已經下定決心要消滅這個 **邪惡集團**，所以你不能留下來，留下來的結果，就是和我，和這裏所有人一樣：*同歸於盡*。當我終於聽到了你逃走成功的消息時，實在高興不已，希望你在讀到我這封信的時候，正是陽光普照、和平安定的日子。」

第四十章

真菌之毀滅

　　張小龍寫給我的信，在說過 開場白 後，便開始將他的計劃娓娓道來：「你一定記得，有一次你來見我的時候，我正在工作，手中拿着一隻 試管 ，試管裏有小半管 液體 。而當我看到你的時候，手震動了一下，幾乎將那些液體濺了出來，我連聲呼叫『 危險 』，你可能不明白是什麼一回事。

　　「當時我不能告訴你，只要那液體濺出了一滴——即使微細到肉眼難以看到，也足以使你和我變成兩棵 **人形的樹木**。你或許以為我在開玩笑，但有一種中藥藥材叫『**冬蟲**

夏草』，你一定知道。

「冬蟲夏草本來是**蟲**。但是，當冬天，這種蟲蟄伏在泥土中的時候，卻受到了一種 **真菌** 的侵襲，這種在顯微鏡下也難以看得清的小東西，生命力和繁殖力之強，是任何一種 **高級動物** 都不可企及的。

「當這種真菌，入侵蟲體之後，以驚人的速度繁殖着，而蟲體內的一切，都成了它們最佳的 **營養**，於是蟲死了，留下一個軀殼，被億億萬萬的 **真菌** 所佔據，看上去像一株草。

「這便是冬蟲夏草形成的經過。這是一種十分奇怪的 **自然現象**，更由於這種真菌繁殖之快，十分驚人，所以，那一直是我的研究項目之一。

「而當我知道了那卑劣的 **野心集團**，竟準備利用我在科學上的發明，來征服 **全人類** 之後，真菌便成

了我竭盡全力研究的項目。

「得益於這裏設備完善，我偷偷發明了一種極適宜真菌生長的**培殖液**，經由那種培殖液培殖出來的真菌，*繁殖速度*是每二點三七秒便增加一倍！

「而只要培殖液一乾，肉眼看不到的真菌便會在空氣中飄蕩，隨着呼吸進入人體，我已經計算過了，大約只要七分鐘的時間，進入人體內的真菌，便足以使一個人，落得和**冬蟲夏草**一樣的下場。

「我有了那半試管的培殖液，便可以對付這個野心集團了。我變得聰明了許多，假裝願意和他們合作，他們也立即召集在世界各地的**爪牙**，而我的地位也得到了空前的提高，人人都對我十分恭敬，甚至不再找人來翻譯我和你的土語對話，對我的**監視**完全鬆懈了。

「於是我才有機會寫這封信，通過一條**氣管**浮上海面。同時我已決定，在野心集團**舉行大會**之時，將這

半試管真菌，傾倒在整個空氣調節系統的 通風 設備 之中。然後我再去告訴他們，讓他們知道，他們的 末日 已經到了。

「當他們知道的時候，已經來不及挽救或逃命了。至於我自己，自然也是 非死不可，我並不在乎這一點，人生自古誰無死？我能為世人消除一個絕大的 禍胎，死得太值了。

「我從你給我的名片上，知道你公司的地址。當這封 信 交到你手中的時候，不知道是何年何月了，也有可能，你永遠看不到這封信。但如果你看到這封信的話，請你謹記一件事：絕不要再踏進那海底建築物半步。因為那裏已經充滿了真菌，任何人進去之後，只要幾分鐘，就會變成一株 人形的植物 了。

「你也不要試圖去毀掉那 海底建築物，因為海水對於這種真菌有隔絕作用，但如果有 爆炸，只要有一丁

點的 真菌 脫離了海面，那麼，這種經過特殊方法培殖的真菌，約莫二十天左右，便會成為 **地球** 的主人，所有動物都會絕種。

「只要不去理會那個海底建築物，在若干年後，那些真菌便會因為沒有新的 **宿主**，養分耗盡，慢慢地衰亡，到時 **危險** 就消失了。

「最後，請你把一切代告家父和姊姊，並替我安慰他們，叫他們不用難過，這是我感到自豪的決定。張小龍。」

整封信中，沒有一點 **臨死** 的悲哀。

我明白到張小娟那刻的心靈感應：豪邁、光榮、興奮、激昂，因為張小龍正是在這樣的心情下作出犧牲。

納爾遜聽了我的翻譯，和我一同呆了許久，然後才開口道：「你剛才發現海底建築物一事，已對人說起過麼 **?**」

「沒有，我只是請那位巡邏艇艇長，記住一個 **位置** 而已。」

這是我感到自豪的決定。

張小龍

納爾遜收起那些信紙，在我面前揚了一下，問：「你說我們該怎麼做？」

我想了一想，說：「我相信張小龍已經成功毀滅了整個 **野心集團** 的 **精銳**，並且，沒有人可以再踏進那建築物，我們還是遵照他的吩咐行事為好。」

此時，忽然響起了一陣急速的 **敲門聲**，不等我們出聲，海軍少將已經推門進來，面帶怒容問：「**結果怎麼樣？**」

那個海軍少將已經失去耐性了，我還在想着該怎麼回答他，納爾遜卻已經想好了，說：「對不起得很，我們接收了一個 **錯誤** 的情報，使貴國的 *艦隊* 勞師動眾，白跑一趟，請接受我的道歉。」

我也立即配合，低頭致歉。

海軍少將 氣得幾乎整個人都跳了起來，瞪着眼睛，憤然地走了出去。

納爾遜嘆了一口氣，把張小龍的信遞給我，低聲說：「沒辦法，如果讓少將知道的話，難保他們不會派人去調查和研究。」

我點頭認同他的做法。

艦隊隨即撤退，我和納爾遜登岸後，便分道揚鑣。

兩天後，我前往張海龍的大宅，把張小龍信中的內容告訴他，而張小

娟此刻已變成了一個「**睡美人**」，情況沒有好轉，張海龍正打算送她到 **歐洲** 醫治。

我向張海龍提出了一個請求，希望可以單獨再去那郊外**別墅** 一次，因為我心中仍有一個疑團尚未解開。但張海龍說那別墅已被警方暫時封鎖調查了。

我憑着與警方的關係，獲准到別墅逗留半小時。

那又是一個 **濃霧之夜**，我驅車前往別墅，到達後，我在 **妖火** 曾出現的位置仔細觀察一番，總覺得那個 **儲物室** 有點可疑。

於是我前往那儲物室，發現地上通向野心集團 **通訊室** 的暗門已被人撬開，那是因為警方已經來過這裏，搬走了漢克的屍體，但其他一切都沒有動過，等候警方進一步調查。

我沿 **鋼梯** 走下去時，又看到那具類似 **放映機** 的東西，上次我也見過它，只是沒有機會細看。如今我卻發現一枚小小的 **紅色按鈕**，便走近去，輕輕地按下。突

然之間，我眼前一亮，透過 **玻璃窗** ，可以看到窗外閃

起了如同**火焰**一樣的光芒！

　　我立刻想起，每次看到「**妖火**」，都是在濃霧之中，

霧起了銀幕的作用，可以使放射出來的影像停留。

　　而這部機器就是放映「妖火」的裝置，野心集團的首腦

曾告訴我，他們用巧妙的方法，使張小龍以為自己得了嚴重

的**精神衰弱症**。那毫無疑問是這台**放映機**的功

勞，令張小龍經常看到「妖火」的幻象，去求醫的時候被野

心集團拐去。

後來警方也對這個裝置作深入檢查，發現它還有一個自動系統，當探測到別墅裏有人長久逗留的時候，便會自動投影出「妖火」，將人嚇走。這解釋了我看到妖火的原因。

至於那頭 **美洲黑豹**，一直沒有牠的消息，雖然牠表面是兇悍的黑豹，但已經被改變成為 吃草 的動物，說不定在後山裏，已成為其他 **食肉獸** 的點心了，想起來也真夠荒誕絕倫。

所有謎團都解開後，有一天，我在家裏看着張小龍遺下的那封信，覺得也沒必要留下來了，便 **點火** 將信燒毀。而就在這個時候，我接到了納爾遜的電話，原來 **國際警方** 趁着張海龍帶張小娟去歐洲醫治的時候，千方百計抬走了張小娟的 **鋼書桌**，並以機器將所有抽屜鋸開。

納爾遜憑着抽屜裏各大 **罪犯** 的資料，屢破懸案，但

他仍不滿足，質問我：「衛斯理，我發現其中一個抽屜裏，只有一大堆灰，為什麼會這樣？」

那是我把張小龍的 實驗文件 燒毀的結果。

此刻，我望着眼前那正在燃燒着的信，聳聳肩回答納爾遜：「不知道，或許是被『妖火』燒掉了吧。」

案件調查輔助檔案

正直不阿

張海龍寬慰地笑道：「知道他**正直不阿**，沒有做壞事，這已是我最大的安慰了。」

意思： 為人正直，不逢迎諂媚。

不加思索

我**不加思索**，立即跳躍過去，坐在那椅子上。

意思： 形容在匆促中而來不及思考。

驚惶失措

幸而在我眼前出現的，只有一個人，他**驚惶失措**、面無人色地舉起手來。

意思： 驚恐慌張不知如何是好。

迫不及待

相比起漢克的任務，我更關心他們總部的舉動，**迫不及待**追問：「總部召集所有人，是為了什麼？」

意思： 情況急迫，不能再等了。

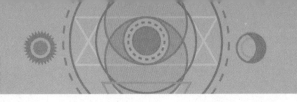

躡手躡腳

當我翻進二樓的陽台後，輕輕動了一下陽台的玻璃門，發現沒有鎖上，便悄悄把門滑開，**躡手躡腳**地走進房間去。

意思：放輕手腳走路，形容行動小心、不敢聲張的樣子。

節外生枝

漢克說：「我本來是打算那樣做的，不過要從後山那邊將你押到這裏來，途中反而容易**節外生枝**，所以倒不如直接引你來到這裏，才把你擒住。」

意思：枝節外生出枝來。比喻在不應該出現問題的地方又產生了新的問題。

開門見山

但我依然不知道漢克為什麼要引我來這裏，我**開門見山**地問：「你的臨時任務，就是要把我帶到這裏來嗎？來這裏幹什麼？」

意思：說話或寫文章直截了當，一開始就進入正題。

不可一世

漢克嚴肅地說：「各地分支的負責人，在總部會議結束之後，會回到自己原來的地方，等候總部接下來的命令。而你知道轉發總部命令的人是誰嗎？就是我！」漢克挺了挺胸，一副**不可一世**的模樣。

意思：狂傲自滿，以為無人能及。形容狂妄自大已達極點。

不由自主

那是極其純正的國語，我一聽，身子便**不由自主**地震了一震！

意思：由不得自己作主。表示無法控制自己。

氣急敗壞

「你還不打開聲音聽聽發生什麼事！」我**氣急敗壞**地催促他。

意思：慌張或惱怒的樣子。

玉石俱焚

當時我已經隱隱覺得，他幻想自己與野心集團**玉石俱焚**。

意思：寶玉和石頭一起燒毀。比喻好的壞的、貴的賤的一起毀滅。

聲嘶力竭

在我按下那個按鈕之後，果然傳來了現場的聲音，有人以英語在**聲嘶力竭**地大叫：「快撤退，快撤退到陸地上去！」

意思：形容竭力呼喊。

開誠布公

「此事暫且不說，但有一件事，希望你能**開誠布公**告訴我。」

意思：指坦白無私、誠懇公正地亮出自己的見解。

全神貫注

只見三名醫生正在**全神貫注**地為張小娟檢查。

意思：形容注意力高度集中。

不置可否

三人嘆了一口氣，**不置可否**，只是請我和他們一起到客房去詳談，而張海龍已經接受了鎮靜劑注射，正安穩地睡着。

意思：不明確表態。

靈光一閃

一聽到他說是張小娟的書房，我便**靈光一閃**，立刻改變了主意，「如果你們方便的話，我倒不介意到書房裏休息，等候張老先生醒來。」

意思：靈機一動，突發的想法。

陰差陽錯

我心裏在想，她不是變得乖巧，而是長大後懂得在人前掩飾自己另一面的性格，不過卻被我**陰差陽錯**看到了一次。

意思：比喻由於偶然的因素而造成了差錯。

不約而同

那一夜，我和納爾遜都沒有睡，納爾遜告訴我，他曾和幾個大國的情報組織負責人坦誠交換情報，那幾個人都告訴他，國內有許多地位重要的人，經常和一個來歷不明的地方作無線電聯絡，而這些人，最近都**不約而同**離開了本土。

意思：事先沒有經過商量而彼此的看法或行動卻完全一致。

同歸於盡

事實上，我卻是在救你，因為我已經下定決心要消滅這個邪惡集團，所以你不能留下來，留下來的結果，就是和我，和這裏所有人一樣：**同歸於盡**。

意思：同赴毀滅或一起走向死亡。

勞師動眾

那個海軍少將已經失去耐性了，我還在想着該怎麼回答他，納爾遜卻已經想好了，說：「對不起得很，我們接收了一個錯誤的情報，使貴國的艦隊**勞師動眾**，白跑一趟，請接受我的道歉。」

意思：原指出動大量軍隊，後也指動用大量人力，也有小題大作的意思。

衛斯理系列 **少年版 15**

真菌之毀滅 下

作　　　者：衛斯理（倪匡）

文 字 整 理：耿啟文

繪　　　畫：鄺志德

責 任 編 輯：陳珈悠

封面及美術設計：BeHi The Scene

出　　　版：明窗出版社

發　　　行：明報出版社有限公司

　　　　　　香港柴灣嘉業街 18 號

　　　　　　明報工業中心 A 座 15 樓

電　　　話：2595 3215

傳　　　真：2898 2646

網　　　址：http://books.mingpao.com/

電 子 郵 箱：mpp@mingpao.com

版　　　次：二○二○年十二月初版

I S B N：978-988-8687-32-9

承　　　印：美雅印刷製本有限公司